Ye 26246 .

L'ART

DE PLAIRE,

POÈME

EN TROIS CHANTS.

Par G. P. LE NOBLE, Capitaine a la Légion des Pyrénées-Orientales.

In me tota ruens Venus,
Cyprum deseruit; nec patitur Scythas
Et, versis animosum equis,
Parthum dicere: nec quæ nihil attinent.

Horace. Ode 19 à Glycère.

TOULOUSE,

De l'Imprimerie de F. Vieusseux, Rue S.-Rome, N.º 46.

1820.

L'ART DE PLAIRE,

POÈME.

~~~~~~~~~~~~~~~~~~~~~~~~~~~~~~~~~~~~

CHANT PREMIER.

ARGUMENT.

L'Amour n'est point un art. — Invocation. — Moyens de plaire aux belles. — Connaître les caractères. — Mériter le suffrage des vieilles. — Heureux résultats. — Offrir aux femmes des tableaux consolateurs. — On peut plaire sans art. — Erral et Jenni.

ON n'aime plus dès qu'on aime avec art.
Le tendre amour, cet enfant du hasard,
N'est point régi par des règles certaines ;
Libre par goût, il périt dans les chaînes,
Et son grand art est de n'en point avoir.
Mais, vous, que guide un incertain espoir,
~~~~~~~~~~~~~~~~~~~~~~~~~~~~~~~~~~~~

Vous , dont le cœur déjà ne peut se taire,
Ecoutez-moi , je chante l'art de plaire.....
Puissai-je , hélas! de cet art séducteur
Faire un essai sur l'âme du lecteur !

Souvent , comblé des dons de la nature,
L'homme en naissant reçut avec usure
Tout ce qu'il faut pour vaincre et pour charmer,
Sans posséder l'art de se faire aimer,
Cet art de plaire , adorable science,
Fils du desir et de l'expérience.
O toi , qui joints à des sons gracieux ,
Tant doux regard : ah ! fais parler tes yeux ;
Mieux qu'Apollon ils monteront ma lyre ;
A leurs éclairs prête un léger sourire ,
Parais sans voile..... et bientôt les mortels
Fuiront des Dieux le culte et les autels ;
Donne un coup-d'œil à ta glace fidèle ,
Et dans cet art tu seras mon modèle.
Non , non , Chloé , garde pour ton amant
Ces frais trésors , chef-d'œuvre séduisant.
Tu prouverais ce que je veux décrire ,
Et trop jaloux je ne pourrais écrire.
Moi-même , hélas , frappé de tes attraits,
Trop occupé de tes charmes parfaits ,

Je quitterais le pinceau, la palette ;
Et deviendrais plus amant que poëte.
Ton souvenir suffit à mes crayons :
Désir de plaire, objet de mes leçons ;
Exempt des feux d'un amoureux délire ,
Va sur mes sens reprendre son empire.
Oui , ma Chloé , poëte , précepteur ,
Je tâcherai d'oublier mon bonheur ,
Pour ne songer qu'aux heureux artifices
Qui m'ont valu ton cœur et tes prémices.
Vous, qui voulez captiver les faveurs
D'un sexe aimable , étudiez ses mœurs.
Que ses penchans, ses tendres habitudes ;
Soient à jamais le but de vos études.
Plus variés que les feuilles des bois ,
Ses sentimens bravent toutes les lois ;
Mais, voulez-vous devenir ses délices?
Amant soumis, adorez ses caprices.
Oubliez-vous, pour ne penser qu'à lui ;
Restez esclave en prêtant votre appui.
S'il est en pleurs, laissez couler vos larmes :
L'être sensible est pour lui plein de charmes ;
Folâtre et gai, jouez le sentiment ;
Soyez acteur, mais ayez du talent.

Dans cette lice où l'amour vous appelle ;
Traître, inconstant, vantez un cœur fidèle.
La femme , amis, est semblable à l'enfant :
Pour la séduire, il faut être amusant.
A des plaisirs abandonnés par elle ,
Sachez donner une grâce nouvelle ;
Que sous ses yeux votre crayon flatteur
Sache esquisser un portrait enchanteur.
Répétez-lui que cette heureuse image
Est loin encor du brillant assemblage
Des traits charmans dont, pour vous enchaîner,
Le Dieu d'amour se complut à l'orner.
Sages pourtant en flattant votre belle ,
Du vrai toujours parez votre modèle ;
Exagérez , mais souvenez-vous bien
Que trop prouver , serait ne prouver rien.
Si par des vers, interprêtes de l'âme ,
Vous essayez de peindre votre flâme,
Simple, naïf, sans viser à l'esprit ,
Dites toujours ce que le cœur vous dit.
Un mot adroit , embelli d'une rime ,
Plaît davantage, est plus digne d'estime ;
Que ce fatras d'éternels complimens
Pris dans la fable ou volés aux romans.

Sans être Hébé l'on peut avoir des graces ;
On peut aimer sans marcher sur les traces
Des Amadis, des Renaud , des Roland ,
Et l'on séduit sans un renom si grand.
Au charme heureux d'une douce harmonie
Si votre belle a l'oreille ravie ,
Mêlez vos voix au son des instrumens ,
L'amour naîtra du trouble de ses sens.
Chantez ce Dieu, chantez, nouveaux Orphées ,
De tels concerts doubleront vos trophées.
      Pilote actif , sur ces flots orageux ,
Ne voguez point sans vous garder contr'eux.
S'il est des vents différens ou contraires ,
Il est aussi différens caractères
Que tour-à-tour il faut approfondir ,
Etudier, connaître, définir.
Lise est coquette, Araminthe est sauvage ,
Tout à la fois Rose est prude et volage ,
La jeune Alis , sous sa feinte douceur ,
Cache un cœur faux, plein de fiel et d'aigreur ;
Telle est boudeuse, et telle autre bizarre ,
Et mille encor.... Mais, la pire est l'avare.
Ah ! loin de vous les fastueux présens :
Aux Danaë refusez votre encens.

Plus délicats dans vos brûlantes flâmes;
Par vous, pour vous sachez vaincre leurs âmes;
Un cœur se donne, il peut être surpris ,
Mais ne doit point s'obtenir à ce prix.
Pourtant il faut caresser leurs faiblesses.....
Loin d'elles même, encensez vos maîtresses;
Un geste , un mot échappés au hasard
Sont à leurs yeux des éloges sans fard.
Sur un roseau votre bonheur repose;
Un rien souvent vous mène à quelque chose,
Et plus souvent votre art , pauvres amans ,
Ne peut fixer ces astres inconstans.

A la beauté, sur le retour de l'âge ,
De temps en temps accordez un hommage;
Des vieilles même, accaparez les cœurs,
Par ces respects, ces petits soins flatteurs
Qui coûtent peu, mais dont l'adroit usage
Est des succès un assuré présage.
Rappellez-leur, par vos égards constans,
Ces jours heureux de leur premier printemps;
A leurs avis avec reconnaissance
Aquiescez, admirez leur prudence.
Aux contes bleus qu'il vous faut essuyer
N'ayez jamais l'air de vous ennuyer.

Que près de vous leur âme émerveillée
Désire encor prolonger la veillée.
Déjà par vous leurs cœurs ont tressailli.....
Un cœur de femme a-t-il jamais vieilli ?
      Bientôt prônant vos qualités aimables,
Votre bon ton, vos manières affables,
Dans vingt salons, toujours d'elles cité
Comme un modèle à la société ;
Vous vous verrez le favori des belles,
Et désormais pourrez choisir entre elles.
Mais, si déjà votre choix est formé,
Quels doux momens pour cet objet aimé !
En ses rigueurs, croyez-vous qu'il persiste?
A de tels coups pensez-vous qu'il résiste ?
Non, chaque trait qui vous flatte à ses yeux,
De l'amour propre allume tous les feux.
D'autres plus vifs circulent dans ses veines ;
Et l'autre amour l'enlace de ses chaînes.
Heureux vainqueur, qui donc retient vos pas ?
Courez, volez et tombez dans ses bras.
      De Legouvé, leur cher panégyriste,
Suivez les pas sans être son copiste.
Citez pourtant ; mais qu'un galant pinceau
A vos portraits donne un aspect nouveau.

Le mot vertu les enivre et les touche :
Qu'il soit toujours placé dans votre bouche ;
De vos discours qu'il marque les repos ;
Elles sauront l'appliquer à propos.
A la beauté, qui s'éclipse si vîte ,
Montrez de loin les palmes du mérite ;
En cent façons offrez-lui des secours
Pour la saison qui suivra les amours.
Dépeignez-lui cette grace naïve ,
Ces nobles soins d'une mère attentive ,
A prévenir, à calmer les douleurs
D'un fils chéri prêt à verser des pleurs.
De son berceau doucement approchée,
L'œil en arrêt et la tête penchée ,
Faites-la voir épiant son réveil,
Chasser l'insecte et veiller au sommeil
Du bien-aimé que son sein alimente.
Ah ! c'est ainsi qu'une femme est charmante ,
Direz-vous.... Lors, tout le cercle enchanté
Se pâmera de sensibilité.
Amour parfois secondant la nature,
Sait disposer de la riche ceinture,
Charme divin que possède Cypris,
Mais seulement pour ses chers favoris.

Capricieux presqu'autant que sa mère,
Il leur départ cette grace arbitraire,
Sans but, sans choix; tel est son bon plaisir.
Heureux celui qu'il a daigné choisir!

Le regard fier et bravant les alarmes,
Jamais Erral n'avait connu les charmes
D'un sexe adroit qui sait sans nul effort,
Faible qu'il est, asservir le plus fort.
Son chalumeau, son coursier et ses armes,
Du cerf vaincu les inutiles larmes,
Etaient pour lui le souverain bonheur.
Il ignorait ces mouvemens du cœur
Nommés par nous tendresse, sympathie.
Il existait, étranger à la vie.
Déjà, vingt fois dans son cercle entraîné,
Autour d'un point ce globe avait tourné;
Déjà, l'amour à ce jeune rebelle,
Comme au printems donnait force nouvelle,
Que de son cœur, brûlant foyer du corps,
Rien ne pouvait animer les ressorts.
Il était froid, quand tout dans la nature,
Du plaisir même embrassait l'imposture;
Il était froid, quand par lui seul charmé,
Un jeune objet expirait consumé.

Quel talisman lui donnait l'art de plaire?

Prononce , Amour, ou mieux, jeune bergère,

Dis-nous comment au seul aspect d'Erral,

Sans t'enquérir et du bien et du mal,

Par le hasard uniquement guidée ,

Tu l'adoras sans être intimidée

Et de cet air et de ce cœur glacé ?

Quand ton amour toujours tendre, empressé,

N'était payé que par l'indifférence ,

Sur quel espoir reposait ta constance?

Daigne m'instruire , innocente beauté ;

As-tu perdu ta douce liberté ,

Quand d'un coursier, fier de sa noble race ,

Ton jeune amant plein de force et de grace,

Savait dompter l'impétueuse ardeur?.....

« Non, sa beauté , bien moins que sa froideur,

» A fait mollir les fibres de mon âme ;

» S'il m'eût offert son indiscrète flâme ,

» Peut-être, hélas! qu'ignorant tout son prix,

» Il n'aurait point ce cœur qu'il a surpris.

» Le craignant peu , chaque jour , à toute heure ,

» Dans nos hameaux, ou loin de ma demeure,

» Je le cherchais, je l'aimais comme sœur ;

» Quand vers le soir tout le peuple pasteur,

» De ses brebis pressant la marche lente,
» Vers le bercail, objet de son attente,
» S'en retournait en chantant un refrein,
» Souvent j'allais le prendre par la main,
» Et d'un adieu, que je croyais modeste,
» Ma bouche (hélas! vous dirai-je le reste)
» Par un baiser scellait le dernier mot.
» Sans s'émouvoir, il partait aussitôt.
» Le lendemain j'attendais sa venue,
» Et, toujours calme, il s'offrait à ma vue.
» Gai sans objet, sombre sans le savoir,
» Sans soupirer il me quittait le soir.
» Le temps enfin me rendit plus savante:
» Brûlante alors et toujours innocente,
» Je reconnus quel était le danger
» D'aimer de près un séduisant berger.
» Je voulus fuir, mon cœur, malgré moi-même;
» Me ramena près de celui que j'aime;
» Et si l'amour ne l'eût mis dans mes bras,
» Jenni, Jenni ne vous parlerait pas. »
  Ainsi conta la jeune pastourelle,
Que Cupidon, d'un seul petit coup d'aile,
Avait soumise à ses sublimes lois.
Son embarras, le doux son de sa voix,

De ses regards la pudeur enfantine,
Le mouvement de sa gorge divine,
Par un langage autre que ses discours
Semblaient s'unir à cet hymne aux amours.
    Pour vous, amant, qui de ce don de plaire,
Vous supposez l'heureux dépositaire,
Singez Erral. Vaincre, c'est le grand point;
Essayez, mais, ne vous y fiez point.

FIN DU PREMIER CHANT.

CHANT SECOND.

ARGUMENT.

Portrait de l'Occasion. — Choisir le temps et le lieu. —Le succès dépend souvent de l'état que l'on professe. — Le guerrier l'emporte. — Beaucoup de femmes aiment par orgueil. — Les traits de dévouement, même d'extravagance, donnent en amour une heureuse célébrité. — Il faut paraître gai, triste, insouciant, jaloux selon les diverses chances. — La douceur préférable à la violence. — Apologie du beau sexe. — Invocation à Hébé, à Chloé.

Prompte, rapide, inconstante et légère,
Le front riant, ou le regard sévère,
Toujours offrant la coupe du plaisir
Sans nous laisser le temps de la saisir,
Pour les humains sans relâche en voyage,
Comblant de biens qui l'arrête au passage :
Telle est, amans, la folle Déité,
De qui dépend votre félicité.
Bonne un instant, plus souvent ennemie,
Comme un éclair, dans cette courte vie,

Elle se montre et disparaît soudain.
Qui ne la brusque, hélas! l'appelle en vain,
Tout l'Univers est son temple invisible ;
Mais à l'encens constamment insensible,
Elle s'occupe à faire des ingrats,
Elève un pâtre et rit des potentats.
Occasion, toi qu'en vain je caresse!
Pourquoi faut-il que ton nom de déesse
Ajoute encore un titre à mes respects !
Muse, suspends tes éloges suspects,
Laisse aux amans l'hyperbole hardie ;
Que le vrai seul échauffant ton génie,
D'un cachet pur marque chaque leçon,
Et s'il se peut saisis l'occasion.

Vaillans héros de l'amoureux empire,
Vous qui pressés par un brûlant délire,
Osez prétendre aux succès éclatans,
Sachez choisir et les lieux et les temps.
Près de ce sexe impatient, frivole,
Qu'un rien afflige et qu'un joujou console,
Prenez le ton qui lui convient le plus.
Surtout, jamais n'écoutez ses refus ;
De la raison triste, sombre et boudeuse,
Evitez-lui la rencontre fâcheuse ;

Sage, mais froide, elle est sœur de l'ennui ;
A ce seul mot tout le beau sexe a fui.

Ils sont passés ces jours où l'innocence
Formait des cœurs la céleste alliance.
Ils sont passés. Pour plaire, il faut un rang.
Adam, tes fils n'ont plus le même sang ;
Un titre, un nom les distingue ou les change ;
Et leur défend un profane mélange.
Oui, la beauté trop sensible à l'éclat,
Accorde moins à l'homme qu'à l'Etat.
Sachez, amant, faire le choix du vôtre ;
Mais du plaisir soyez toujours l'apôtre.
Tendre, discret, simple dans vos amours ;
Fuyant l'éclat qui flatte et nuit toujours,
Si vous voulez des conquêtes durables,
Et ce mystère, et ces feux vénérables,
Ce viel amour fidèle à son berceau,
Briguez la toge et volez au barreau.

Heureux sans bruit et sans bruit infidèles ;
Chers aux maris, nécessaires aux belles ;
Sans crainte admis vers le déclin du jour,
Dans ces réduits, asiles de l'amour ;
Dans ces boudoirs, que la douce mollesse
Cède aux plaisirs, à leur bouillante ivresse.

Voulez-vous vivre indépendant, joyeux,
Oracles chers aux plus aimables yeux,
Dictez les lois qu'enseignait Esculape.
Payant vos soins, bien souvent l'amour frappe
D'un de ses traits plus ardens que cruels,
Un jeune objet sauvé pour ses autels ;
Docteurs, amans, chantez votre victoire!!
    Mais le guerrier, mais ce fils de la gloire,
Instruit par Mars à vaincre tour-à-tour,
Belles! héros! à la guerre, en amour ,
Si beau, si grand, si fort, si magnanime,
Si généreux! a-t-il perdu l'estime
D'un sexe entier ? Doit-il céder ses droits?
Oublîra-t-il ses merveilleux exploits ?
Femmes, parlez. Soyez, soyez son juge,
Le myrte est là, que votre main l'adjuge.
Vous rougissez, j'entrevois un souris,
Va, tu l'emportes, et ton juge est le prix
Que le plaisir unit à ta couronne.
Guerrier, soupire, adore et déraisonne,
Telle est la loi que ce sexe enchanteur
Donne et reçoit dans les bras du vainqueur.
Brûle un seul jour du feu qui te dévore,
Avec fureur dis que ton cœur adore ;

Aimer n'est rien, c'est un feu sans chaleur;
Il faut brûler, voilà le vrai bonheur.
Que ton amour semblable au météore
S'éclipse, mais que tu brûles encore
Dans tes discours; car c'est là le grand point;
L'amant transi ne réussira point.
Dans les loisirs qu'on laisse à ton courage,
Au même char si le plaisir t'engage,
Du sentiment ose affronter l'écueil,
Et fais mouvoir les ressorts de l'orgueil.
Si tu le peux, fais parler l'opulence,
Affiche un luxe, exalte ta naissance;
De l'avenir sondant les profondeurs,
Fais entrevoir tes futures grandeurs;
A tous les yeux fais briller ton adresse,
Et ces attraits bien plus que ta tendresse,
Sauront charmer les dédaigneux regards
De la Déesse objet de tant d'égards.
   La vanité, cette puissante reine,
N'est pourtant pas la seule souveraine,
Qu'il faut flatter dans le cœur féminin;
Il est un couple inconstant et malin,
Né du hasard et de la solitude,
Fuyant la gêne, ennemi de l'étude,

Que chaque jour on voit naître et mourir.
Souvent porté sur l'aile du plaisir,
Il fend les airs et fuit encor plus vîte,
Quand le dégoût, arrivant à sa suite,
L'atteint, le presse, et le force à partir.
Ce couple, enfin, que l'on ne peut saisir,
Et qui renaît dans le cœur de nos dames,
Comme Phénix, jadis du sein des flammes,
Est...., j'en demande excuse à la beauté,
La fantaisie et la frivolité.
Rose des vents est la frêle couronne,
Qu'un seul instant leur ravit ou leur donne;
L'une possède un trône aérien,
Et l'autre prend pour sceptre un joli rien.
Quant aux trésors, ce sont des bagatelles,
Pompons, joyaux, bijoux, chiffons, dentelles,
Gazes, rubans, carmin, romans du jour,
Quittés, repris, délaissés tour-à-tour;
Dignes soutiens, qu'un éternel délire
Donna pour base à leur mobile empire.
Que j'aime à voir un cercle de beautés
Tenant conseil pour des futilités,
Des Michalon (1) renverser le système,

____

(1) Michalon, célèbre coiffeur : de son vivant arbitre du goût de la capitale, et fondateur d'une école savante en ce genre.

Sur un chiffon prononcer l'anathème,
Et proclamer, comme digne de choix,
L'objet divin qui doit régner un mois.
  Homme sensé qu'un heureux esclavage
Attire au sein de cet aréopage,
Garde-toi bien d'employer ton bon sens :
A leurs erreurs prodigue ton encens.
De la beauté, pour une extravagance,
Pour un écart, une adroite imprudence
Dont ses appas auront été l'objet,
On peut attendre un triomphe complet.
Quoique frivole, un beau trait sait lui plaire,
Elle devient généreuse, sincère,
Lorsque son cœur, par la gloire exalté,
Dans son amour voit l'immortalité.
Mais, si l'amant dont son âme est éprise,
Est le héros d'une illustre entreprise;
S'il a vaincu des peuples ennemis,
Ou par son bras affranchi son pays,
Plus fière alors, s'oubliant elle-même,
Tout son orgueil est dans celui qu'elle aime.
La chose est rare, et d'un autre côté,
Qui peut compter sur la célébrité!
Le hasard seul, dans sa marche incertaine,

Unit deux cœurs qu'un tel amour enchaîne.
Vous qui voulez jouir dans le printemps,
Ne visez point à ces nœuds éclatans.
Près d'une Hébé vive, ardente, légère,
De la gaîté déployez la bannière,
Du dieu Momus agîtez les grelots.
Pourtant, semblable au bâton que les flots
Font tour-à-tour surnager, disparaître,
Que vos élans, dont vous restez le maître,
De temps en temps brillent plus ou moins vifs.
Mêlez au ris quelques accens plaintifs,
Et sans effort, des jeux de la folie,
Livrez vos sens à la mélancolie.
Souvent la femme, ivre de son pouvoir,
Veut s'acquitter par un lointain espoir,
Et son amour décroît par la constance ;
Feignez alors un peu d'insouciance,
Paraissez moins, délaissez ses autels,
Du changement vantez les biens réels.
D'une autre enfin faites souvent l'éloge,
Aux lieux publics, dans les bals, à sa loge,
Au premier rang placez-vous à propos,
Et vous verrez que perdant tout repos,
Pour ressaisir son sceptre et son empire,

Ses feux glacés deviendront un délire.
Parfois aussi trop de tranquillité
Peut, en amour, blesser sa vanité ;
Toujours aimante et toujours susceptible ;
Un rien désole une femme sensible ;
Dans votre calme elle voit la froideur :
En le troublant assurez-vous son cœur ;
Retranchez-vous sur sa coquetterie ;
Sans nul sujet jouez la jalousie ;
Accablez-la de reproches amers.
Pleurez ! bientôt vous vous serez plus chers.
  Mais, si jamais l'innocence naïve,
Fleur d'un printemps, timide, sensitive,
Par des secrets, qu'amour lui dévoila,
S'offre à vos coups : amis respectez-la.
Le bel amour qu'un amour de corsaire,
Qui, toujours prompt, insolent, téméraire,
Ose flétrir, dans sa brutalité,
Rose, bouton, plaisir et volupté !
Baigné de pleurs, rire avec impudence
Du désespoir que cause la licence ;
Le bel honneur ! le merveilleux succès !
Digne d'un Turc et non pas d'un Français.
  Moins violent dans sa brûlante ivresse,

Combien j'admire , aux pieds de sa maîtresse ,
Ce jeune amant payé d'un doux retour,
Analysant les délices d'amour ;
Exigeant tout sans oser entreprendre ,
En recevant ayant l'air de surprendre ;
Et plus soumis au comble du bonheur ,
Être à-la-fois l'esclave et le vainqueur.
Tout plaît alors près de beauté qui touche :
Un seul souris voltigeant sur sa bouche ,
Un seul regard tendrement expressif,
Un faible aveu , délicat et naïf ,
Un mouvement souvent involontaire ,
Mais qui toujours marche au but et sait plaire ;
Tout chez la femme, en dépit des censeurs ,
Enivre , entraîne et captive les cœurs.
Présent des Dieux , créature chérie ,
A tous nos sens elle donne la vie,
Et semble même , en faveur des humains ,
Polir l'ouvrage ébauché par leurs mains.
Pourquoi faut-il que notre plus bel âge ,
Temps des plaisirs dont profite le sage ,
Où l'on jouit sans jamais regretter ,
Comme l'éclair s'empresse à nous quitter ?
Charmante Hébé , divine jouvencelle ,

Noble ornement de la cour immortelle ,
Toi qui ravis aux plus brillantes fleurs
Le pur éclat de tes fraîches couleurs ;
Toi du printemps l'image enchanteresse ,
Céleste Hébé , daigne de la jeunesse
Eterniser les charmes séducteurs ,
A la beauté prodigue tes faveurs !....
Durant le cours de sa frêle existence ,
Que chaque instant soit pour la jouissance ;
Et que, fidèle au culte de l'amour,
Sa fin ne soit que le soir d'un beau jour !
Sexe adoré dont je bénis l'empire ,
A de tels vœux promets-tu de souscrire ?
Heureux devin , ai-je pu pressentir
Le but secret de ton plus cher désir ?
Ah ! s'il est vrai que ma muse timide,
En n'écoutant que l'ardeur qui la guide ,
Ait devancé tes souhaits précieux ,
Ce seul destin me rend l'égal des dieux.
Oui je le sens, le bonheur de te plaire
Est à lui seul le plus riche salaire.

Fiers conquérans, soulevez l'univers ,
Portez partout le carnage et les fers ;
En succombant je braverai vos chaînes ,

Je me rirai de vos lois inhumaines.....
Rois, commandez ! je résiste à vos cris,
Chloé soupire, ordonne, j'obéis.

FIN DU SECOND CHANT.

CHANT TROISIÈME.

ARGUMENT.

Invocation. — Ne point mépriser l'autel auquel on a sacrifié. — Taire les torts des femmes, ne point se venger de leurs rigueurs. — Le fat déplait; on le méprise. — En amour la femme est douée de prescience. — Effets de notre faiblesse. — L'homme doit préférer l'amour à toute autre folie. — Le hasard et la témérité amènent souvent un heureux succès. — Portrait de la mélancolie. — La femme aime à commander. — On la juge dès l'enfance. — Elle sait parfois obéir. — Il est dangereux d'éprouver sa constance. — Episode, conclusion.

ILLUSION, pure et brillante flâme,
De tes rayons pénètre encor mon âme,
Et d'un doux rêve éternisant le cours,
Rends-moi fidèle au culte des amours.
Sur les objets qui s'offrent à ma vue,
Répans toujours cette grâce ingénue,
Qui seule peut en relever le prix.
Que mes pinceaux, de leur frais coloris,
Peignent aux cœurs ce que mon cœur éprouve.

Dans mes récits que la beauté retrouve
Même désir de charmer tous ses sens,
Egale ardeur, semblables sentimens;
Et que l'excès de mon brûlant délire
Lui montre enfin jusqu'où va son empire.
Par cent détours, ô femmes, trompez-moi !
Contre mes vœux parjurez votre foi;
De ma douleur, toujours avec prudence,
Je calmerai la juste violence ;
Je saurai feindre en mes transports jaloux
Ce que l'orgueil dicte à notre courroux ;
Et me riant des clameurs du vulgaire,
Je chercherai d'autres moyens de plaire.
Oui, toujours libre en mes fers éternels,
Je n'irai point avilir les autels
Où mon amour tendre et sans artifice
Aura jadis offert un sacrifice :
Dussé-je prendre, en ma simplicité,
Tous les l'honneurs de l'infidélité.

Quand le soleil, sur un autre hémisphère,
Porte l'éclat de sa vive lumière;
Quand ses rayons, par l'orage arrêtés,
Brillant aux cieux, sont pour nous sans clartés,
Irai-je en proie à ma sottise vaine,

Me plaindre aux Dieux d'une absence soudaine ?
Ou m'applaudir lorsque l'aube du jour
M'avertira de son prochain retour !
Non.... Pourquoi donc verserai-je des larmes ,
Quand la beauté me prive de ses charmes ?
Ils sont les siens, ... c'est son plus cher trésor,
Selon son gré , qu'elle en dispose encor.
Si la constance est un lien trop triste ,
M'est-il permis , froidement égoïste ,
D'exiger d'elle , au mépris du désir ,
Une promesse impossible à tenir ?
Qu'il est plus doux de forcer la coquette
A regretter sa première conquête !
Et satisfait de ses propres tourmens,
Rire un grand jour de ses égaremens !
Voilà comment l'honnête homme se venge.....

Il est pourtant un animal étrange ,
Cherchant l'éclat pour se faire un renom ,
De l'homme enfin n'ayant rien que le nom ,
Qui , tout épris de sa sotte personne ,
Seul applaudit aux grands airs qu'il se donne ,
Se croit de tous l'arbitre universel ,
Et sur la femme ose épancher son fiel.
Fier conquérant, il n'est point de rebelle

Que n'ait vaincu son attaque cruelle ;
Du sexe entier il est l'épouvantail.
C'est un sultan, mais sultan sans sérail.
Ah ! s'il savait combien on le méprise !
Quelle serait sa honte et sa surprise ,
Si ce miroir, tant consulté par lui,
Pouvait nombrer les femmes qui l'ont fui !

Lui sont garans du pouvoir de ses charmes ;
Et tel actif que puisse être un amant,
L'aveu succède à ce pressentiment.
Mais quelquefois trop timide ou trop fière,
Elle rejette une ardente prière,
Laisse gémir un amant préféré;
Le fuit, l'abat, le ramène à son gré.
Souvent aussi, pour juger sa constance,
Elle le livre aux tourmens de l'absence,
Et l'accablant de mille cruautés,
Le force, hélas! à chérir ses bontés.
  Qu'il est heureux l'âge où l'âme naïve
Conserve encor sa candeur primitive !
Où la beauté, pour la première fois,
En fier tyran, nous retient sous ses lois;
Foule à ses pieds un amant téméraire,
Qui lui déplaît pour vouloir trop lui plaire;
Puis voit ses pleurs, ne peut y résister,
Saisit sa main qu'elle n'ose quitter,
Pleure à son tour sur l'objet qu'elle adore,
Le rend heureux et se prodigue encore.
Dieux! c'est alors que les instans sont courts,
Qu'à nos accens les bois ne sont plus sourds!
Que dans les eaux, dans les cieux, sur la terre,

Tout nous conçoit et se prête au mystère !
Alors, Zéphire, aimable confident,
Reçoit les vœux, les soupirs d'un amant,
Et pressant l'air de son aile légère,
Court les porter aux pieds de sa bergère ;
Alors, alors, pour un léger dédain,
Nous nous plaignons de notre affreux destin ;
Dans les langueurs d'une longue agonie,
Nous promettons d'achever notre vie ;
Quand un regard de ce sexe pervers
Suffit lui seul pour mieux river nos fers.

O grands enfans qui portez le nom d'hommes,
Maîtres innés de la boule où nous sommes ,
De la raison dont vous êtes jaloux,
Voyez les fruits , pensez et jugez-vous.
Ah ! qu'ai-je dit ? s'il faut à la folie
Que chacun paie un tribut en sa vie,
Au tendre amour, mortels, livrez vos cœurs ,
Lui seul accorde un prix à nos erreurs.

Si quelque belle accepte vos offrandes,
Parez vos fronts de fleurs et de guirlandes ;
Si vos plaisirs éprouvent un retard ,
Sans désespoir livrez-vous au hasard.
Je vous l'ai dit, il est des inhumaines ,

Qui vendent cher les honneurs de leurs chaînes;
Mais ces douleurs sont d'un bien autre prix,
Que des plaisirs moins gagnés que surpris.
Qu'un premier choc n'accable point vos âmes;
Il est un temps pour réduire les femmes;
Et la beauté prête à livrer son cœur,
Souvent résiste et fuit par point d'honneur.
Mais, cependant, si le trait qui vous blesse,
Si votre ardeur vous trouble et vous oppresse,
Allez chercher l'ombre des bois touffus;
Pleurez, bientôt vous ne souffrirez plus.
Là seul, amis, une bonne déesse
A vos chagrins unira sa tristesse,
Et calmera par son puissant secour,
Les maux cuisans d'amour-propre et d'amour.
  Ses yeux sont doux, ses paupières humides
Perdent parfois quelques perles liquides;
Calme, souvent-elle unit aux zéphirs
Le bruit plaintif de ses profonds soupirs.
Sans altérer le pouvoir de ses charmes,
Sa faible voix semble appeler les larmes,
Et dans le cœur, interprète des sens,
Trouve un écho de ses tristes accens.
La fleur des champs est sa seule parure;

Sans nul apprêt sa longue chevelure,
D'un voile noir ornement gracieux,
Couvre l'éclat de ses traits langoureux;
Sur son beau bras, sa tête mi-penchée
Fixe, immobile, y paraît attachée ;
Son air sensible attire les mortels ;
Le malheureux lui dresse des autels ;
Et le bonheur souvent même s'allie
Aux plaisirs purs de la mélancolie.

Lorsque la femme a le cœur bien épris,
Ce n'est jamais sur les jeux et les ris
Que son espoir, que son amour se fonde :
Elle demande une atteinte profonde ;
Il faut comme elle acheter ses plaisirs ;
Riche de vœux, étouffer ses désirs;
Discret surtout, cacher avec prudence
Le moindre aveu, la plus simple espérance,
Et quand ses yeux l'ont dit à l'univers,
Paraître encore écrasé sous ses fers.
Serait-ce orgueil ou bien simple caprice ?
Non : la beauté même la plus novice,
Doit ce travers au goût prédominant
Quelle eut toujours pour le commandement.
Tremblante encore à la voix maternelle,

Voyez les traits de la gentille Estelle ;
Perdre à l'instant leur touchante douceur,
Se rembrunir et changer de couleur,
Si ses désirs ne sont point un oracle.
Elle gémit du plus léger obstacle :
Sa main repousse un oiseau favori ;
Même son chien, si tendrement chéri,
N'est plus pour elle un ami véritable :
Il est puni des fautes du coupable ;
Et ses bijoux, objets si précieux,
Foulés aux pieds, sont sans prix à ses yeux.
Ainsi la femme au sortir de l'enfance ,
Au sein des jeux de la simple innocence ,
A dominer préludant sans témoin ,
Pour l'avenir se prépare un besoin ;
Ainsi pour nous d'une constante étude
Naissent les fruits de notre servitude.
Jeunes amans, que pourtant ce récit
Ne porte point le trouble en votre esprit.
Si la beauté parfois impérieuse
Exige tout d'une flamme amoureuse ,
Victorieux , notre sexe parfois
A le plaisir de lui dicter des lois.
Souvent aussi reprenant d'elle-même

Les fers portés par le mortel qu'elle aime ;
Son cœur est prêt à tout sacrifier.
A ses sermens vous devez vous fier ;
Mais pour lui plaire exercez votre empire !
Offrez un prix à son brûlant délire !
Faites des vœux !! prompte à vous obéir ,
Elle mettra sa gloire à vous servir.

Si vous craignez que sa vive tendresse
N'ait d'autre effet que celui de l'ivresse,
Pour l'éprouver employez tout votre art ,
Devenez même injuste à son égard.
A mille écueils exposez votre amante !....
En dépit d'eux sa vertu triomphante
Vous prouvera son amour et vos torts ;
Ou succombant à de puissans efforts,
Vous laissera la triste expérience
Que trop savoir vaut moins que l'ignorance.
Seul possesseur du plus rare trésor ,
J'osai jadis , prenant un fol essor,
L'injurier , jusqu'au point de lui tendre
Un piége adroit où je me laissai prendre.
Que cet essai me coûta de soupirs !
Qu'il m'a ravi de célestes plaisirs !
Long-temps banni par ma belle maîtresse ,

Tout à mes maux, accablé de tristesse ;
Combien de jours succédèrent aux nuits ,
Sans qu'un baiser vînt calmer mes ennuis !
Déjà le cours de mes larmes amères ,
Ne mouillait plus mes ardentes paupières ;
Et sur ma bouche une affreuse pâleur ,
Semblait régner en despote vainqueur ;
Mes traits tirés n'avaient plus de la rose
Cet incarnat dont le temps seul dispose ;
Ma voix tremblante oubliant ses chansons ,
Ne rendait plus que de lugubres sons ;
Mes faibles pieds pour chercher mon amie ,
Résistaient seuls à ma longue agonie.

Assis un soir sous un morne cyprès ,
Par des sanglots j'exprimais mes regrets ;
Fixant les cieux, j'implorais l'assistance
Du dieu cruel qui causait ma souffrance ,
Quand sur mon front une invisible main
Vint doucement se reposer. Soudain,
Un doux frisson parcourut tout mon être !
Je n'osai même essayer de connaître
Ce sylphe aimable, en qui sans le savoir ;
Déjà mon âme avait mis son espoir :
C'était Chloé. O vous, qui d'une mère

Avez baisé la dépouille dernière ,
Vous qui pleurez votre frère, un ami ,
Vous tous enfin dont le cœur a gémi ,...
Si ces objets chers à votre tendresse ,
Pouvaient un jour vous rendre une caresse ,
Jugez, jugez, par ce jour de bonheur ,
De quels plaisirs fut enivré mon cœur !

Mais où m'emporte un excès de délire ,
Lorsque déjà les cordes de ma lyre
Par leur langueur annoncent aux échos
Le doux instant fixé pour le repos.
Oui je le sens j'ai fourni ma carrière :
Trop fortuné si dans cet art de plaire,
Un jeune amant dès le premier coup-d'œil,
Voit le précepte et reconnaît l'écueil.

FIN DU TROISIÈME ET DERNIER CHANT.